JN102831

句集

竹の秋

たけのあき

髙橋さえ子

ウエップ

句集　竹の秋／目次

句集　竹の秋

たけのあき

装丁・近野裕一

Ⅰ　二〇〇五年～二〇〇七年

〔一二六句〕

二〇〇五年

恵方へと一流水に沿ひゆけり

寒禽や白く湯気噴く通気口

樹の影の螺旋なしたる冬泉

海光のさざなみづくし鳥雲に

かげろふに座して船笛はるかなり

陽炎や石と化したる砂袋

雛の日の五葉の松の青の照り

麦青む山水いよよ逸るなり

野火走るはしると鴉猛り鳴く

鳥引くや岩のくぼみに雨溜り

雲流れゆくはくれんの照りかげり

雨脚の匂ひ彼岸も過ぎにけり

泉水の湧きつつ暗む著莪の花

水べりの草濡れてをる端午かな

黄菖蒲の黄の濃きことも旅疲れ

白百合の一斉に咲く週はじめ

喪へ急ぐ青無花果の青激し

青梅の弾み落ち継ぐ忌日かな

雨意深し睡蓮が水もりあげて

南無観世音片陰に車椅子

真直に倒れて雨後の竹煮草

藻畳へふはりと一葉二葉かな

風音の乾きて秋の沙羅双樹

凌霄や彫像見るに手を洗ひ

林間に二百十日の雨後の照

湧水の砂噴きあぐる白露の日

頼家の墓の暮色やきりぎりす

竹削る音の露けき夜の土間

蓮は実となりたるばかり水の照

残菊や吹かれづめなる水たまり

這松の霧氷の粒をなせりけり

遠嶺よく晴れをり寒き膝頭

綿虫の消えなむとするうすみどり

紅葉散るのみに文福茶釜寺

寒禽や回廊川のごとく澄み

鉄塔の影すつきりと川涸るる

風花のはなやぐ無人精米所

境内にこぼれてをりし寒蜆

暗きより潮さし来たる野水仙

二〇〇六年

あかつきの富士玲瓏と結氷期

水べりの草の葉照や成人日

寺寒し強燭いくつ連ねても

初蝶のふはとメリケン波止場かな

二の午や幟ばかりが風に鳴り

結界の色の一つに春ショール

霊山をよぎりて飛燕しきりなる

月光にしだれてしだれざくらかな

秩父行　一六句

囀やまなぶた重き観世音

ただねむし白たんぽぽの茎長く

大岩に噴き一塊の雪柳

鳥雲にセメント工場煙噴く

トンネルの灯のしんかんと芽吹山

花冷の沁み入るばかり岩畳

鶏鳴のひとすぢ山のかげろへる

春日傘樹間を白き雲流れ

手すさびに摘みし蓬のよく匂ふ

座布団の金襴緞子花の寺

禅林や蝌蚪の匂ひの水たまり

川底の砂をあらはに春の冷

風に鳴る稲荷の幟春祭

托鉢に夕日が冷えて榛の花

巡礼の一本道の日永かな

朧夜の五人の句座の更くるなり

残寒や川面に樹々の影折れて

水中の苔あをあをと日かみなり

明易く明けていよいよ些事づくめ

出迎の日傘まはして海の前

草に荷を解きて水辺の氷菓売

七夕や海辺の草の濡れ深き

夏萩の青濃く宮城道雄の忌

川岸の風のさびしき魂祭

盆近き船笛水にひびきけり

水辺りの草樹匂へり秋日傘

影ひとつ残さず秋の水すまし

玄室に雨水溜まるきりぎりす

海光のひややひやや後の更衣

断崖の濡れて耀ふななかまど

身に入むや草ぐさに紅滲みとほり

ブイ赤く湖に冬立ちにけり

雨しぶくキャンパス十二月八日

二〇〇七年

淑気いま川健かに流れけり

籾焼の炎の冷えびえと暮れにけり

月下にて枯田の水の光るなり

人声に胸を揃へて鴨寄り来

浮雲に風出て春の来つつあり

団十郎来て天神の梅白し

鳥引くや彫を幾重に岩だたみ

てのひらの荒れやすく野火猛るなり

仁右衛門島へ　五句

御句碑の島に来てをり百千鳥

鶯や島守美しく老い賜ふ

舟漕ぐや山を離れぬ春の雲

青き踏む足許に波もりあがり

潮の音の澄みて山椿が真つ赤

いつしんに巌を濡らして鹿尾菜刈る

掌の中に湧水ひびく根白草

旅人に夕日重たし榛の花

外房のいままんまるの春落暉

ことごとく波光茫と抱卵期

掌の中に湧水ひびく根白草

白木蓮に佇ちて水中かと思ふ

水つぽき日暮来てをりライラック

白樺の林立泉透きとほり

雲が雲ふやして鉛の青胡桃

草市の青ひといろの薄暑かな

赤松に夕日滴る夏書かな

宮城道雄五十年祭　二句

噴水を花と散らして師の忌過ぐ

緑蔭に止まりて楽器搬入車

百合の香に覚めて服薬時間かな

青蓮の青の張りづめ雨来るか

人影のおよびて薔薇の匂ひたつ

赤松の影濃く避暑期果てにけり

一の堰二の堰盆の水澄めり

初鴨に水上バスの煽りかな

秋暁の刻満ちてをり目覚めをり

命惜しめば一葉落つまた一葉

樹のこゑの澎湃として寒露かな

硝子器は真水の青さマスカット

林間の水音しんと秋彼岸

水音の乾きて下り簗のころ

母の忌の日暮れてゐたる糸瓜棚

海光の玲瓏と冬来たりけり

日輪の水漬きて黒し枯蓮

浦風のやはらかに山眠るなり

枯俄か雨の鉄路の錆臭き

短日の城門ひたと閉ざしあり

笹鳴や雨に灯す蘆花旧居

Ⅱ　二〇〇八年～二〇一〇年

〔一二八句〕

二〇〇八年

父の忌の冬の泉の透きとほり

檻の鶴日暮さびしと歩き出す

草萌の湖光もて旅はじまりぬ

鳥ごゑの谺して水温みけり

草原の冷のつぶさやきぎす鳴く

みちのくの雲の量感蕨折る

春禽の影禅林へまつしぐら

夕東風やコンクリートに砂走り

海光の匂ひだちたる黄水仙

まんさくや和紙のいろなる書院の灯

旅たのし飛燕の胸の白きこと

雨あとの空匂ひたつ糸ざくら

退りては仰ぎてしだれざくらかな

癒えよ師よ青を尽くして菖蒲の芽

土臭き空となりけり揚雲雀

駘蕩と道まちがへてをりにけり

山影のかぶさる魞を挿しにけり

水底に起伏ありけり仏生会

天心へ一途に鳥の帰るなり

花大根吹かれて斜面なることを

流水の清潔に夏来たりけり

東京の雲一つなし茄子植うる

夏炉の炎めらめら山の雨深し

滝水の真つ直に刻過ぎゆけり

浮橋を梅雨も峠と渡りけり

水辺より雨あがりくる菱の花

旅続く会津の漆もみぢかな

御成橋くるみ橋とて水澄めり

稲の花いつしんに日を溜めてをり

山荘の草ことごとく露抱き

泉より道のはじまる花野かな

山の日の滑りて秋の滝なりけり

雨音のしんとむらさきしきぶの実

盆道の晴れつつ雨後の草匂ふ

盆過の駅のホームに日陰なし

草叢を抜き出て紫蘇の実となりぬ

土砂降りのあとの星澄む水の秋

蓮の実の飛んで月下の水動く

虫の夜の更けていびつな水たまり

不忍池の日向臭くて蓮枯るる

ぼろぼろの陽をまとひをり枯蓮

美術科の石膏匂ふ文化の日

砂浜の日の縹渺と開戦日

風邪長し知恵の輪おもしろく解けて

木の葉舞ふワイン倉庫の出入口

二〇〇九年

三日はや町の灯下のにはたづみ

樹々に風出て薄氷の微動かな

恙やや寒も戻りの星のいろ

絢爛と風生ざくら吹雪くなり

水照つて葉がちとなりし糸ざくら

熊笹の青くつきりと涅槃西風

竹林の竹が竹打つ仏生会

溶岩原の渺茫と鳥帰るころ

舞台衣裳てふ羅の軽すぎて

石斛の盛りや渓の水逸り

赤ん坊の足裏明るむ実梅どき

緑さす朝の芸大レストラン

服薬の水のつめたき青葉木菟

風の木となりハンカチの花了る

生き生きと水は低きへ菱の花

隠沼のひかりと見しは水すまし
瑠璃揚羽まぎれて杜のほの暗き
渓流の陽の匂ひたつ更衣
全快す青葉の照をかんばせに

涼しさのしんじつ白き夜の寝具

草ぐさに午前の湿り蟻の列

昼寝覚雲のごとくに畳あり

祖母の忌の七夕竹が雨に濡れ

遠忌過ぐ秋蝶に影あるとなく

禅林の裏手崖なす葛の花

草市の夕影淡きところかな

旅はじまる赤松の空澄みわたり

潮騒の身に入む句碑のほとりかな

威銃鉄塔ゆるぎなかりけり

溶岩原の風音ことに星月夜

潮騒を遠くに燈火親しめり

新藁の香のこもりをる農学部

一葉して石の齢の紛れなし

鉄塔を従へて山眠るなり

山の陽の黄ばみて落葉はじまりぬ

林間に手を撫して冬深むなり

清流に歩を合はせ冬来たりけり

林道の七曲り枯一途なり

凍雲の橙いろに暮れまどふ

二〇一〇年

師の句碑の筆勢に師や野水仙

湯櫓の煙ぐらぐら凍天へ

水仙の明るさの暮れ残りをり

風鳴つておお吉が淵の枯一途

晴れやかに旧正月の湖の面

暮れなむとする丹頂の歩みかな

大寒の明けつつ水の匂ふなり

山襞のまろやかに春来つつあり

白れんの空白光をなせりけり

青空へ切り込みて鶴帰るなり

みづうみの陽のしなやかに吊し雛

野焼の炎爆ぜて一番星となる

遠来の人と青踏むこともかな

グラタン皿熱し躑躅が火照り出す

霾や学徒で逝きし叔父二人

山の端に星の片寄る仏生会

船笛のゆれをる春の愁ひかな

かんばせに雨滴八十八夜かな

木の芽雨夜更し癖のいまさらに

パセリ青し山の朝日を存分に

雲は夏雨後の大きな水たまり

竹皮を脱ぐ筑波嶺を遠くにし

捨てきれぬ漂ひごころ梅雨夕焼

滴のみどりいろとも樹下暗し

夕風の立ちて祭の町となる

波音のしづかに休暇果てにけり

糸とんぼとどまる草の濡れゐたる

穂芒に日の深ぶかと昼ねむし

朝顔の数をふやして週はじめ

いちにちを水澄む甲斐に遊びけり

ふくいくと山河の照や稲の花

曼珠沙華蘂高く病み上がりなり

戻らざる齢鳳仙花が弾け

水引草ゆれて日射の透きとほる

月光のゆらゆら下り鮎のころ

桐の木に水音こもる寒露かな

水揚のよくて深夜の貴船菊

山水の水音縷々と冬至かな

富士を背に海を見て日を短くす

冬泉水無きまでに透きとほり

枝打の鋏の音の日暮れけり

沼辺りの日向の匂ふ石蕗の花

寒ざくら空井戸に声韻かせて

風音の乾く月下のかいつむり

Ⅲ　二〇一一年〜二〇一三年

〔一一三句〕

二〇一一年

真青なる空賜りて初詣

日輪の凍てて動かぬ法の池

菩提寺の松の匂ひの枯日向

菜を洗ふ二月の水のうすみどり

夜は星の藁の匂ひの雪解水

雲雀野となる草ぐさの立ちあがり

おもむろに空揺れてをり竹の秋

笹原の風ひるがへる仏生会

誕生日近づく風のしゃぼん玉

雨に色出で伏姫ざくらかな

琴糸の純白の張り初ざくら

弾き足りし琴柱をはづすさくらの夜

噴煙に夕日がゆれて余花落花

檣頭にみづうみの風薫りけり

流木に草が根を張る日雷

帆柱を集めて夏の空の張り

雨あとの陽の陶然と紅薔薇

絶壁に雨意のしかかる芒種かな

水無月の日の瞬けるにはたづみ

祖母の忌の噴水空をひた濡らし

端居して師を恋ふ宵となりしかな

かなかなや追悼曲を弾き終へて

灯のせつに洩れて奏楽堂の秋

終戦の日や白無垢の帆曳船

黝ぐろと濡れて月下の磧石

川音の高鳴つて枇杷黄なりけり

地震あとの厄日の波に身を反らし

たにみづに草の香秋の更衣

肌寒や水辺に寄れば樹々のこゑ

湧水の底の渦なす新ばしり

おしろいの咲き揃ひたる狐雨

桐の実のむらさき重き薄暮かな

船笛に外人墓地の末枯るる

公園に潮の香秋の深むなり

岩礁の苔のさみどり今朝の冬

船笛の澄みて夜寒の膝頭

大木の切口白く冬に入る

鉄塔の丈の明るさ神送

夕空は真水の匂ひ初氷

名水に夕日が浮きて敷松葉

加湿器の湯気の桃いろ一葉忌

白鳥の影に影寄る日向かな

霜の夜の折りて影生む千羽鶴

二〇一二年

みづうみの蒼茫と年立ちにけり

酒蔵の根ごと据ゑある松飾

小鼓の紐の重たし初みぞれ

さざなみのかたちに吹かれ薄ごほり

水替へて冴返りたる壺の水

しんかんと彼岸の森の水匂ふ

川あれば川見て彼岸過ぎにけり

切株は水辺の木椅子養花天

夕星のみづみづしくて山ざくら

夜更しの過ぎて八十八夜寒

水槽の魚の逆立つ余花あかり

墨東の大河の照や夏つばめ

よしきりの高音霞ヶ浦晴るる

青葉闇よりこつとんと風車かな

手にふるる水の明るき噴井かな

夜は雨といふ豌豆の莢のゆれ

大学の森噴水の日まみれに

笹原に山の風来る盆休

香を満たし壺のふくらむ水の秋

祖父母の忌叔父の忌敗戦忌なりけり

母の忌の山ひぐらしの澄みとほり

筑波嶺にふれて雲ゆく秋彼岸

水底の草が根を張る白露かな

川音の澄み切つてをり厄日前

落葉松に日の透きとほる初氷

庭園の日の藺たけて朴落葉

試歩数歩ふやすたのしさ実万両

しぐるるや母の遺愛の琴の丈

鵙鳴いて水仕せきたてられてをり

蒲の穂のほほけて風の涸川原

高原のふところ深く冬の虫

古書店に長居して日を短くす

二〇一三年

元朝の雀来てゐるさくらの木

松林に夕日したたる寒の入

音もなく日脚が肩にさくらの芽

受験期の鉄路の闇の微動かな

春めくと鷺の羽裏のももいろに

晴ればれと筑波全容はちすの芽

牧に春乳牛の瞳の澄みとほり

うすらひにわが影しかと回復す

ソプラノの風に乗りくるさくらかな

青空のしづけさ朴の花ひらく

雉啼くや残り時間をあたふたと

外燈の蜂蜜いろに春の月

日輪のゆらゆら芹の水匂ふ

おもむろに空揺れてをり竹の秋

楽譜手に薔薇のアーチを潜りけり

牧牛のまぶた濡れをり聖五月

ひたち野の草たちあがる日雷

思ひ出にまどろみゐたり水中花

尖塔の影のぐらりと青嵐

球場の金網密に雲の峰

すずらんの水澄きとほる硝子壺

草色の夕空となる盆の市

外燈の明りが髪に夜の秋

青春の叔父たち連れて瓜の馬

盆過の夕星匂ふ神田川

苧殻火の猛て夜となる庭の木々

盆過の山水音を沈めけり

心澄むまで秋水に添ひゆけり

黝ぐろと燃えて月下の葉鶏頭

肌寒や落葉松に日の沁みとほり

足もとに山の風過ぐ白桔梗

凌霄の炎を噴く四十九日かな

唐竹を伐つて風澄む秋彼岸

身に入むや落葉のいろの街路の灯

枯菊に立つしづかなる時間かな

短日の夕日を果の車椅子

回廊の木目浮き立つ開山忌

竹揺らぎ寒月かたち崩さざる

Ⅳ　二〇一四年〜二〇一六年

〔一二四句〕

二〇一四年

襖絵を翔ちて遊べる初雀

水引の緋のくつきりと初懐紙

受験期の琴糸の切れやすきかな

残光のさくらふぶきとなりにけり

花冷の水の洗顔はじめかな

竹寺の夕日冷えつつ竹の秋

てのひらにふるる春月予後の坂

楽譜書き終り八十八夜寒

天日の火照りて重し里ざくら

みづうみのひろびろと夏立ちにけり

薔薇芽吹く音楽大学レストラン

簗山の笹のさざなみ風光る

石棺の雨沛然と竹煮草

夏蝶の閃光風のゴルフ場

水源の水の香ほのと更衣

緑蔭に嬉々と入りゆく病み上り

水底の水流れをり白日傘

河骨の黄の濃く午前過ぎゆけり

水軽く打ちて燈心蜻蛉かな

予後一歩数歩踏み出し旱星

沙羅落花ゆつくりと刻過ぎゆけり

盆一日御苑の森に遊びけり

みづうみに鶴の来てをり暑気払

黒南風が白南風となる高速路

風戦ぐところが冷えて崩れ簗

水底の砂透きとほる天の川

月光にふるる秋明菊の白

流水に日の滑り入る秋彼岸

妹

女手に竹伐つて星ふやしけり

邸園の砂利踏むつるべ落しかな

調弦の障子明かりに籠りけり

池の面の日の絢爛と七五三

枇杷咲いていちにち暗き家の中

金柑の黄みどりいろの日向かな

鍵盤の冷びえと夜の更けにけり

水甕の水透きとほる冬月夜

刃を入れて冬至南瓜の黄金いろ

外灯を支へ水辺の枯ざくら

からまつに星屑こぼれ聖夜祭

櫟林その飴いろの寒暮かな

樹下すでに暮れてをりけり雪だるま

二〇一五年

柊を挿す潮音のはるかなり

朝は眼の澄み切つてをり氷解く

雨の輪を重ねて水の温みけり

壺に満たす二月の水のうすみどり

胡弓抱き帰雁の空となりにけり

サントリーホールまで坂いばらの芽

春星を仰ぎ回復期なりけり

うすらひや星の匂ひの磧石

雛祭カナリア籠を出でたがる

絵タイルを踏みしめ神田川おぼろ

大樟の樟の匂ひの春焚火

服薬や清和の水の透きとほり

水草生ふさざなみなせる雲の影

琴糸の白の光沢初ざくら

ポケットの種袋鳴る遠筑波

柚の花や酒蔵の酒深ねむり

河骨の葉照や空の無傷なり

新宿の積乱雲下都庁前

一番星燃えゐる父の日なりけり

降り注ぐ日のほのぼのと古代蓮

琴柱立て初雁の空正すべく

爽涼と鉄塔丈をひきしぼり

草よりも青し葉月の沼の底

楡大樹銀河の水を揚げてをり

敗戦忌東京湾の滾りたる

灯明のひやひやひやや露の稲荷堂

盆過の石灯籠であありにけり

母の忌の月下雨畑硯かな

月下にて闇の定まる曼珠沙華

点眼の身にしみとほる寒露かな

月さしてゐる盆栽の気息かな

電柱の影十五夜の水たまり

帰燕はや刻水平に流れをり

眼の芯のゆるる月下の葉鶏頭

秋分の日や草踏めば風さやさやと

火恋し草ぐさに紅しみとほり

月凜と稽古帰りの神楽坂

秋惜しむ夕刊小説終りけり

点滴や未明の冬の百合匂ふ

仏壇の位置換へて日を短かくす

忌を修す霜降月の青畳

林泉のあをむ十月桜かな

あをぞらとなりし師走の始めかな

菩提寺の法灯黄ばむ臘八会

庭園の雪待月の水の張り

てのひらに雨水十二月八日

枇杷咲くと外燈二基を離てたる

雪催ふ鼓の紐の微動かな

二〇一六年

庭園の草木うるほふ雪解水

白樺のしんじつ白し解氷期

春ここに川の底ひの石ひかり

清明や雨後の日ざしの濃すぎたる

川面まであふるるそめゐよしのかな

菜園の陽を膨らます種袋

桃の日の野川ゆつたり流れをり

芝に置く清明の日の小鳥籠

桜蘂降る週末の足早に

師の忌過ぐ梅雨の月下の神楽坂

真つ直ぐに竹の皮散る二重橋

朴散華風の行方を加へけり

白日傘霞ヶ浦の帆となりぬ

不忍池のボート卯の花くたしかな

蓮の葉をゆさぶりてまた雨となり

降り出しの雨の煌めき古代蓮

夕立晴ビルの谷間の狭すぎる

鉄塔の匂ひ筑波山の大夕焼

湯疲れや遠稲妻の余韻なほ

溶岩原の闇ふかぶかと流れ星

試歩たのし乳白色の朝の霧

琴柱立て弓張月を窓辺にす

秋彼岸夕陽さざなみなせりけり

秋澄むや蛍光灯は水のいろ

野の花を摘みては捨ててそぞろ寒

義弟逝く

アリアもて果てし送葬霧月夜

枯蓮の茎の交錯遠筑波

開戦日岩打つ波の裏おもて

とつぷりと水音暮るる枇杷の花

風花のふれたる髪の重みとも

湯上りの湯気の香雪の降りつのり

点す灯に錠剤ころげ冬の夜半

落日の速さに群るる雪ぼたる

山峡の星さえざえと遠こだま

寒芹の青濃く父の忌なりけり

V　二〇一七年〜二〇一九年

〔一六〇句〕

二〇一七年

朝刊の休刊梅のふふみけり

春宵やワイングラスの透きとほり

白樺の銀光り流氷湖

雛まつり山水音を高めけり

カナリアを褒め雛の間へ誘はる

初ざくら奏楽堂へ鼓抱き

水呑んで春夕焼を近づける

春の夢源氏絵巻に紛れをり

赤松の幹の夕照り彼岸冷

入院の一泊二日亀鳴けり

筋雲の動くともなし花水木

流木の影打ちのめす日かみなり

電柱の入替工事夏つばめ

帰心なほ蟪蛄の樹下抜け来ても

水無月や術後の顔に蒸したおる

健脚となる夢に覚め夜の短か

しづしづと雨来る杜の青蛙

病窓の日暮れは早し栴の花

故もなく寝苦しき夜やはたた

滝音や昼なほくらき籠り堂

目つむりて滝の音聴く病みあがり

蟻地獄はたまた無音地獄かな

やませ風母の忌遠くなるばかり

杜深くつつねのけはひ盆の入り

人の手を借りて散策水の秋

洗ひ菜のしづく滴り涼新た

調弦を済ませて涼し楽屋裏

文月のさざなみあかり神田川

一徹の白さ秋明菊に星

蹲踞の水ひたひたと七夜月

水充ちて霞ヶ浦の雪加かな

紙皿の焼そばの照里まつり

長病みに百物語火恋し

雨音に覚めて夜寒の顔ひとつ

狐火の夜な夜な王子稲荷かな

帆船の白無垢十二月八日

雪吊を待つ内庭の水明かり

築山の青笹浮かべ冬の水

山茶花の園防空壕をそのままに

凍鶴の琥珀いろなる歩みかな

第九合唱天狼の闇近づきつ

二〇一八年

年新たなるよろこびを暁の空

瑞雲のゆつくりほどけ初山河

元朝の燿歌の山を眩しみぬ

日脚伸ぶ生命線が少しのび

波郷忌の深大寺みち雪ぼたる

大綿の日の斑追ひつつ園に試歩

地に触るるほどにしだれし実万両

川音の更けて冬夜の駐車場

仏灯に花びら餅のひらきたる

マフラーの鳴海絞りや航はじまる

待春や畳目密に稽古部屋

稽古終ゆ天狼しかと神楽坂

ガスの炎のあをむらさきに寒厨

初ざくら枝の先まで桃いろに

庭石のかたちそれぞれのどけしや

東大の農業用地風薫る

夏至の日のおのづと暮るる時計塔

さくら蘂降る足もとの暮れかかり

蟻蠓のもやもや樹下の雨あがる

更衣水源の音胸に溜め

西郷像仰ぎ母校へ白日傘

恙ややわづかなる歩の日焼かな

蟻を見て働き詰めの日々恋し

街灯の点滅更けて青嵐

蛍草水面は星をふやしけり

新茶汲む萌黄のいろのひとしづく

蛍火を見て来し夜具の白づくめ

玄関に人影のたつ極暑かな

ががんぼの脚が残れる楽屋裏

祖母の忌のほたりとひとつ凌霄花

雁渡し胡弓の弦の緊まりけり

秋意ふと夜の紅茶の琥珀いろ

よるべなき高さ秋蝶川へ出て

明王の肩をそれたる一葉かな

洛北はちちの赴任地大文字

張り替への琴の緒かたし初月夜

伊豆石にそれぞれの声末枯るる

ガラス器の水滴のいろマスカット

藍壺に日の躍り込む竹の春

秋燕と擦れ違ひたり試歩の杜

ゆく雲の紅さす後の更衣

霜降や辰砂の甕のひとしづく

枯れ兆す野のいろとして由比ヶ浜

翔たむとす水鳥の脚短かしよ

石壁の影が真赤ぞ冬没日

髪切つて縞ふくろふに啼かれけり

みづうみの帆船十二月八日

忘年や指揮者征爾のシャツの白

二〇一九年

白鷺の律々しき歩み初景色

手水舎の松風匂ふ初明り

宮城道雄作曲

「道灌」の一曲をもて琴始

新美南吉

冬寒し稲荷の宮の「ごんぎつね」

ＮＨＫほーるへつづく恵方道

改元の年か蜜柑を剝きにけり

凍つる夜の光を放つ管楽器

水鳥の二羽はつがひか寄りにけり

湯気立ててラヂオの深夜放送よ

氷る夜の黒鍵ショパン夜想曲

キャンパス二月眩しきまでの草の色

甥

合格す筑波全容晴れわたり

藻草の根一筋長し彼岸寒

ひともとの皇居の染井吉野かな

朝の日のあふれ手水の薄氷

日が昇る貸農園の落椿

草木瓜やうかとつきたる籠り癖

青き踏む牧水没後九十年

幼子の寿限無寿限無ののどけしや

水切りをしたる夜明のチューリップ

花衣すなはち舞台衣装かな

桃の日の一流水に添ひゆかむ

夜は雨の山水ふくむ独活の丈

風を追ひ越してこはれず石鹸玉

試歩続く黄梅に日のさしかはし

母恋へば醍醐の桜吹雪かな

清明の雨の音聞く喪に籠り

師の忌過ぐ浜木綿の風やりすごし

遮断機のあがり八十八夜寒

かんばせに雨滴八十八夜かな

広辞苑七版電子辞書涼し

回復かうりずん南風に髪吹かれ

鳥籠を置く牧水の夏野原

まぼろしの汽笛が近し慰霊の日

人ごゑに鯛釣草のゆれてゐる

薬湯のかくまで熱し芒種の夜

急流の夕風匂ふほたる草

早蕨や宇治十帖の話など

竹皮を脱ぐ筑波嶺が見たくなる

一片を解きて水の香白芭蕉

ひとつぶの雨が頬打つ夏越かな

茉莉花に覚めて安静時間かな

山水の湧きては暗む著莪の花

夏風邪の長引く何もかも遠し

虹二重奏楽堂の森しんと

快復をゆつくり待たむ蛍草

小雨降るやうに水紋あめんぼう

赤松の根方の夕日冷し酒

風やんで歩き出さんか帚草

綿菅の白の陰影旅の果

みづうみのあをきに閉づる秋日傘

青水輪ひろげて盆の休みかな

水面（テ）の硬しか秋の水すまし

盆過ぎの石灯籠でありにけり

水音の身に入む癒えもまた遅々と

「玉杢」といふ琴の銘桐は実に

木と和紙の住処銀木犀匂ふ

琴糸を締めて弓張月の指

湯疲れか遠稲妻にやられしか

髪形変へよと風船かづらかな

点眼や未明紫式部の実

清流の石しろじろと野菊かな

霊跡の水はしろがね秋日傘

樟の樹の影あをあをと御命講

お会式や五重塔のまぶしくて

冬ざくらぽつと池上本門寺

鉄塔の影すつきりと枯れはじまる

霜柱崩す自虐のこころにて

梟の夜や渓流の闇いよよ

寒芒月光の色放ちたる

ポストまで千三百歩雪降り出す

Ⅵ　二〇二〇年〜二〇二二年

〔八四句〕

二〇二〇年

星ひとつ月一つ松飾りけり

初松籟師の無き空へ空へかな

この町の雪来る前の松のいろ

朝日燦旬のみかんをかたはらに

日蓮の入滅の地や梅探る

料峭のベテルギウスは縹いろ

春服に着替へてパンダ見にゆかむ

古書遊ぶポインセチアを床に置き

師恩ふとゆつくり閉づる春日傘

逝く春の日向に乾く瓦焼

誰も居ぬ徳冨蘆花のかきつばた

蘆花邸の新樹明かりの机かな

石鹸の鋳走りたる梅雨の雷

息災や雲の白さの夏手套

山水の明かりが肩に更衣

寺町に棲みてやすけし通し鴨

ゆるゆると山河暮れゆく軆料理

夜はといふ豌豆の莢の揺れ

地球儀とマスクメロンと卓の上

散策や草へ脱ぎたる夏帽子

にちにちの山気に乾く洗ひ髪

禅林の風に吹かれて羽抜鶏

弟は短命夏至の夜が更けて

髪染めて雷鳴り雲の下通る

みんなみの日を奔放にヨットの帆

足利学校「アマビコ」の涼しき眸

肩借りてゆく盆路の夕日かな

鳥兜手折りしゆゑの痺れかな

盆市の夕影の濃き芋殻束

緩る緩ると山の雲ゆく地蔵盆

太陽の香や凌霄のほたほたと

磯松に夕日が残る送り盆

この国の色なき風の松の色

秋風の中や降圧剤二錠

草踏んで身のうちかろき無月かな

月光にそろふ秋明菊の前

静養の身に冬の田の日が熱し

洛陽は第二の故郷ゆりかもめ

湯気の香も旬の名残りの豆御飯

祖父祖母の遠忌鳳仙花が弾け

松虫や太古の山のましら酒

今さらに古井戸のことみみずく鳴く

かなかなやゆつくり暮るる庭の木々

江ノ電の風をまともに麻衣

水草の鉄気帯びたる秋暑かな

てとらぽつどの乾ききつたる秋意かな

草踏んでわが影ゆがむ水の秋

湯火照りの頰とも秋の夜の燈下

峡暮れて稲架を怖しと思ひけり

埋火や戦災といふ祖父母の忌

初雪の富士を仰げばよきあした

かたはらの川音寒し待ち合はせ

面影や龍の玉探してもさがしても

土臭き雄鶏一羽山眠る

水尾ひろげ幽幽と鴨来たりけり

狐火を見しとはぐらかされてをり

波郷忌の松風を聞く深大寺

人に見られて凍てて鶴の歩き出す

鍋鶴の日暮淋しと檻出づる

湧水の明かりが肩に日脚伸ぶ

夜が来て寒気に細るたなごころ

シチリアの原塩甘しクリスマス

外燈の明滅に枯れ箒草

鈴鳴や日当る方へ胸揃へ

冬牡丹日暮れのいろを溜めゐたる

寒月光流木を吹きさらしたる

冴ゆる夜の枕辺に置く漫画本

二〇二一年

加湿器の湯気生き生きと家居かな

調律のパイプオルガン冬三日月

これよりの一齢重し富士に雪

植込みを灯すと動く初蛙

籠を出たがる金糸雀や雛祭

二〇二二年

狐の提灯売家の庭のひろびろと

富士山へ向くグランドピアノ竹の秋

雄鶏に小松菜畑晴れにけり

高枝の凮の七夕祭かな

彩のことに七夕御膳かな

苧殻火の猛けてけぶらふ庭の草

裏山の華やぐ地蔵会明かりかな

盆過ぎの雲のとどまるひととところ

蜉蝣のゆらゆら雨後の水たまり

うまさうな太古の山のましら酒

新月の沈む文豪旧居跡

凍つる夜や千年杉の闇匂ふ

あと書きに代えて

この度、思いもよらず五冊目の句集を上梓する運びになりました。二〇〇五年以降の「朝」と「栞」それに「WEP俳句通信」に掲載されたものを中心に七百三十五句を、WEP俳句通信の大崎紀夫様と共に選句した、いわば自分の句作人生の集大成とも言えるものです。恐らく、これが最後の作品集になると思うと、選んだ一句一句に懐かしさと、さまざまな感慨が胸をよぎります。

思い起こせば、亡き母の影響で句作を始めてから七十余年が過ぎました。

母と二人だけの暮らしが長く、ともすれば味気なくなりがちな毎日に、無上の喜びを与えてくれた俳句、そしてこの世界へ導いてくださった諸先輩の皆さまに感謝するばかりです。

自然や人々の営み、日々移ろいゆく社会……。これらを深く見詰め、その時々の感動を五七五に凝縮して表現するまでの苦しさと、それを上回る楽しさは何物にも替え難いものだったと今、あらためて感じています。

私のかけだしのころから優しく、時に厳しくご指導いただいた岡本眸先生には、ただただこうべを垂れるほかありません。この句集を作るにあたって力強く背中を押してくださった大崎さまには、ひとかたならぬお世話になりました。この場を借りて厚く御礼申し上げます。

さらに、長くお付き合いいただき、私の拙い作品を根気強くお読みいただいた皆さまに心より感謝申し上げます。

令和五年九月

髙橋さえ子

著者略歴

高橋さえ子（たかはし・さえこ）

昭和10年（1935）３月22日　東京生まれ
昭和48年（1973）より岡本眸に師事
昭和55年（1980）「朝」創刊同人
平成４年（2016）岡本眸逝去により「朝」終刊・退会
平成５年（2017）「栞」創刊同人
令和４年（2022）「栞」退会

句集に『萌』『潮音』『緋桃』『浜木綿』
『自解100句選髙橋さえ子集』『自解100句選髙橋さえ子集』

現住所＝〒190-0004　立川市柏町4-75-3
そんぽの家玉川上水

句集『竹の秋』（たけのあき）
2023年９月25日　第１刷発行
著　者　髙橋さえ子
発行者　大﨑紀夫
発行所　株式会社　ウエップ
〒160-0022　東京都新宿区新宿1-24-1-909
電話　03-5368-1870　郵便振替　00140-7-544128
印　刷　モリモト印刷株式会社

※定価はカバーに表示してあります　ISBN978-4-86608-147-2